しあわせの子犬たち

メアリー・ラバット／作
若林千鶴／訳
むかいながまさ／絵

文研出版

もくじ

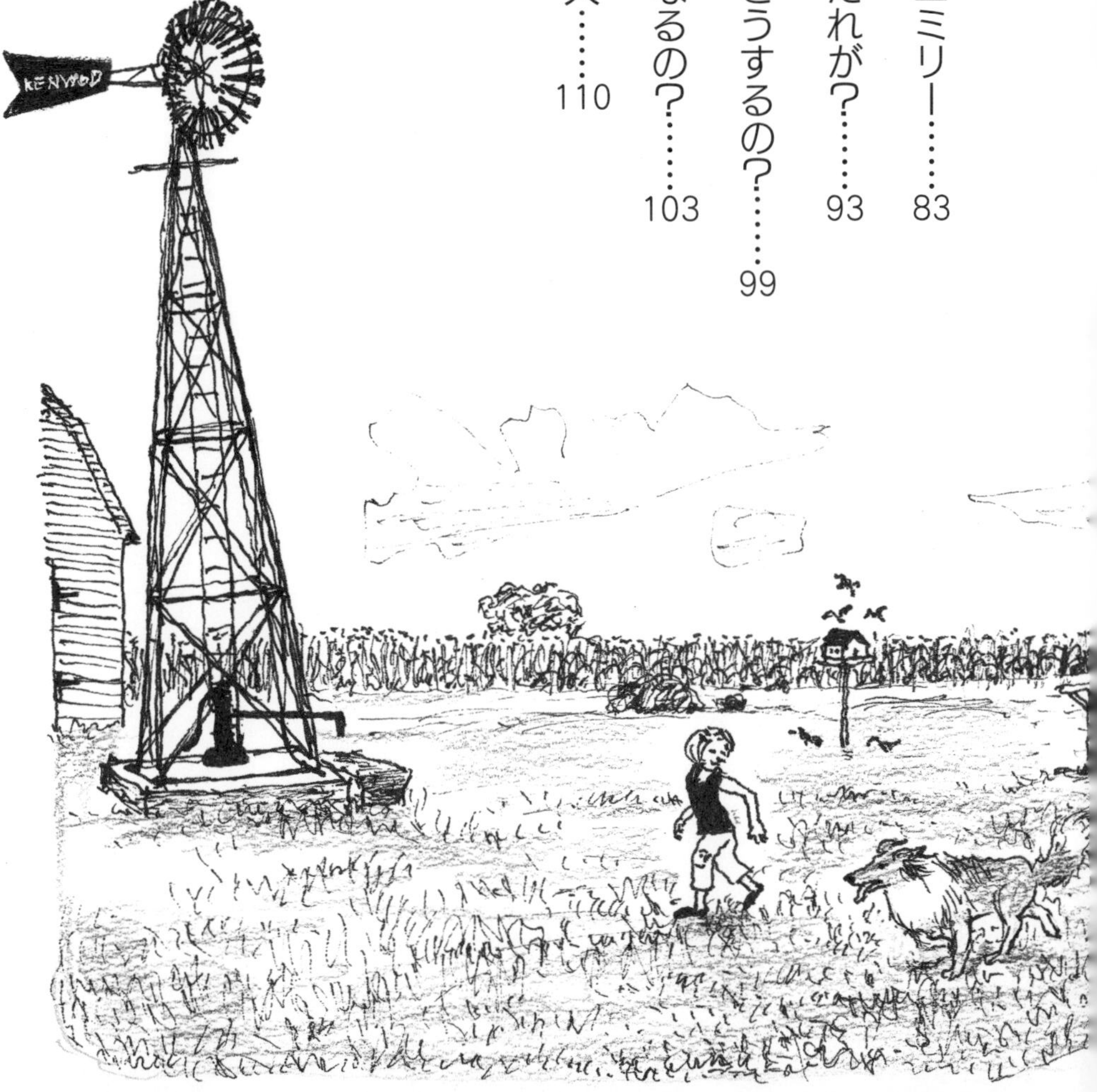

メアリー・ラバット（Mary Labatt）　作者
1944年、カナダに生まれる。幼年向けの、『Dog Detective Sam』のシリーズで、カナダでは有名な作家である。オンタリオ教員連盟の評議員も務め、教員向けの雑誌の編集にも長年たずさわった。娘のエリザベスとコリー犬のブリーダーもしており、その体験が本作品のもとになっている。カナダのオンタリオ州、ポート・ブラウン在住。

若林千鶴（わかばやし・ちづる）　訳者
1954年、大阪市に生まれる。大阪教育大学大学院修了。現在、大阪市の公立中学校で国語科を教え、図書館を担当。楽しく読んで、考える読書指導をめざして活動。著書に『学校図書館を子どもと楽しもう』（青弓社）ほか。訳書に、『ブランディ反抗期真っ最中』（さ・え・ら書房）、『おじいちゃんの目、ぼくの目』『暗やみにかがやく巣』『クリスマスの子犬』（文研出版）など多数ある。

むかいながまさ　画家
1941年、鎌倉市に生まれる。上智大学卒業後、出版社勤務を経て画家となる。絵本やさし絵の作品に『きょうりゅうが学校にやってきた』シリーズ（金の星社）、『子犬のラッキー大脱走』『先生と老犬とぼく』『クリスマスの子犬』（文研出版）、『ソルジャー・マム』（さ・え・ら書房）、『大草原の小さな家』シリーズ（草炎社）などがある。

しあわせの子犬たち

1　エルシーの秘密《ひみつ》

夏になると、わたしは、毎年おばあちゃんの農場《のうじょう》へいく。いつも夏がくるのが待《ま》ち遠《どお》しい。おばあちゃんの暮《く》らす農場まで、長い道のりをドライブしていくと、おばあちゃんが、カエデの木の下に立って、出むかえてくれるのが見えた。コリー犬のエルシーも、いっしょにね。

おばあちゃんは、わたしやお父さんお母さんを、抱《だ》きしめてくれ、エルシーは、ワンワンほえて、かんげいしてくれる。

みんなでいっしょに、農家《のうか》の広いキッチンに入っていくと、こうばしいパンのかおりがただよっている。木の床《ゆか》はピカピカにみがかれて、歩《ある》くたびにキュ、キュと音が鳴る。そよ風がカーテンをゆらし、外のトウモロコシ畑《ばたけ》では、小鳥たちのさえずりが楽しそう。

木でできた階段《かいだん》を上がって、ブルーと白に整《ととの》えられた、いつも使《つか》っているわたしの部屋《へや》に入る。家の二階《にかい》はラベンダーのかおりがする。

ベッドの上に荷物《にもつ》を下ろしたら、ベッドがキーキー音をたてた。

お父さんたちとおばあちゃんが、キッチンで話している声が聞こえてくる。

「もっと、ぼくらの近くで暮らすほうがいいよ、母さん。」

「そうですよ、お母さま。ここじゃ、ひとりぼっちじゃないですか。」

わたしは、ため息《いき》をついた。

おばあちゃんが、こんなすてきな場所《ばしょ》を、はなれるわけがないじゃない。

お父さんたちが育《そだ》った、この場所《ばしょ》をはなれるですって？

フレッドおじいちゃんが亡《な》くなっても、ふたりの思い出がいっぱいのこの場所を、おばあちゃんがはなれるなんて！

「ここをはなれるわけには、いかないわね。」

おばあちゃんの声は、はっきりとして力強い。

「ここにいるとね、おまえたちの亡くなった父さんのことを、感《かん》じることができるのよ。もし、ここからわたしをむりに引《ひ》っこ抜《ぬ》いたら、わたしは根《ね》のない木みたいになって、おしまい。」

それでも、お母さんとお父さんは、町のアパート暮《ぐ》らしのことを、あれこれと話し続《つづ》けた。ふたりとも、おばあちゃんが、きっと町を気にいるって。

だけど、おばあちゃんはきっぱりといった。

「いいかい、わたしの根っこはここにあるから、この農場《のうじょう》以外《いがい》にはどこへもいきはしませんよ。」

お昼ご飯《はん》が終《お》わって、お父さんとお母さんが帰る時間になった。

こんどは、おばあちゃんとエルシー、そしてわたしがポーチに立って、「さよなら」と手をふった。

わたしたちは、車のタイヤが巻《ま》き起《お》こす風が、道路《どうろ》を下っていくのをじっと見ていた。

わたしは、おばあちゃんの手をにぎった。わたしたちはいっしょに、車が丘《おか》を越《こ》えてゆくまで見送《みおく》っていた。太陽《たいよう》はわたしの頭に強く照《て》りつけていた。

とうとう、おばあちゃんとわたしのふたりだけになった。エルシーは、農場《のうじょう》の静《しず》けさのなかで、わたしたちのすぐそばに、おとなしくすわっている。

おばあちゃんが口を開《ひら》いた。

「さあて、エリザベス。今年もよくきてくれたわね。今年の夏は、きっといつもよりすばらしいものになるはずよ。」

おばあちゃんを見上げると、とってもやさしい表情《ひょうじょう》をしている。きれいなブルーのひとみも、キラキラしていて、なにか、秘密《ひみつ》を楽しんでいるみたい。

「今年の夏はね、とびきりすてきな、秘密のできごとが起《お》こるのよ。」

わたしは、びっくりして深呼吸《しんこきゅう》した。秘密って、大好《だいす》き。エルシーもしっぽをふっている。

「きっと、エリザベスには、想像《そうぞう》もつかないだろうね。」

「なあに、どんなことなの？」

わたしは待《ま》ちきれない。

でも、おばあちゃんは、にこにこしているだけ。

「ねえ、どんな秘密《ひみつ》？　教《おし》えてよ、おばあちゃん。」

「そうね……。」

おばあちゃんのくちびるのはしが、きゅっとひきしまった。

「ねえ、なんなの！」

わたしは、待ちきれなくてさけんでいた。

「それはね、エルシーのこと。それも、とってもすてきな秘密なのよ。」

わたしは待った。

おばあちゃんは、エルシーをやさしく見下ろし、そしてわたしのほうを見ていった。

「エルシーがね、この三日以内《いない》に、きっと子犬を生むはずよ！」

2 出産箱《しゅっさんばこ》

わたしは、びっくりしてエルシーを見つめた。

エルシーの見た目は、前と変わっていない。

長く美《うつく》しい鼻《はな》も同じ、あたたかさあふれる茶色のひとみも同じ。金色のふさふさした毛も、胸元《むなもと》へつづく白いたてがみも同じだった。

おばあちゃんは、エルシーの頭にそっと手をのせた。

「ふたりで、この子の子犬のための用意《ようい》をしなくちゃね。エルシーが子犬を生むためには、わたしたちの手助《てだす》けがいるのよ。」

エルシーは、「よろしく」っていうみたいに、わたしの手に鼻をぐいと押《お》しつけてきた。

その日の午後《ごご》、エルシーとわたしは、農場《のうじょう》の中でもお気に入りの場所《ばしょ》を散歩《さんぽ》した。ふたりで小川にゆき、わたしははだしになって、冷《つめ》たいどろの中を歩きまわった。

わたしは、きっとお父さんも子どものころにぶらさがったはずの、古いロープにぶらさがったりもした。

耳をすましてみた。ずっと昔、お父さんやおじさんが子どものころ、おたがいを呼《よ》び合《あ》っている声が聞こえるような気がした。おばあちゃんにも、きっと聞こえているはずだ。そのことをおばあちゃんは、「根《ね》っこ」といったにちがいない。

夕ご飯《はん》が終《お》わると、おばあちゃんに手伝《てつだ》いをたのまれた。ふたりして、納屋《なや》から大きなダンボールの箱《はこ》を二つ、運《はこ》んできた。

「これはね、出産箱《しゅっさんばこ》っていうの。エルシーがいつでも使《つか》えるように、そばに置《お》いてやるのよ。」

「出産箱って、なあに？」

「エルシーが、自分の子犬を生む場所《ばしょ》のことよ。」

おばあちゃんは説明《せつめい》してくれる。

おばあちゃんとわたしは、箱をダイニングルームまで運んだ。

「どうして、この箱がいるの？」

「エルシーには、子犬を生むのに、自分だけの秘密《ひみつ》の隠《かく》れ家《が》がいるのよ。」

おばあちゃんは、いすやテーブルを部屋《へや》のはしに寄《よ》せながらいった。

「キッチンじゃ、だめなの？」

おばあちゃんは、首を横《よこ》にふった。

「秘密の隠れ家としては、あまりいいとはいえないわね。もし、キッチンのドアにだれかがたずねてきたら、エルシーは心配《しんぱい》で、落《お》ち着《つ》かないでしょう。だから、静《しず》かなところに自分だけの部屋が必要《ひつよう》なのよ。」

エルシーは、おばあちゃんとわたしが、大きなダンボール箱から部品《ぶひん》をひっぱりだすのを、じっと見つめていた。

わたしたちが、それを組み立てて、ボルトで止めるまでじっとね。

出産箱は、中についていた「しきもの」をしくと大きな四角い部屋みたい

だった。タテもヨコも二メートル半くらいの広さがあった。

おばあちゃんは、しきものの上に古いシーツを何枚《なんまい》も重《かさ》ねてしいた。

出産箱《しゅっさんばこ》ができあがると、おばあちゃんは、わたしにいった。

「さあ、おやつのドッグクッキーを持《も》って、中に入っておやり。エリザベスが、エルシーに、ここはいいところだと教えてやってね。」

わたしは出産箱に飛《と》び込《こ》んで、すわりこんだ。

エルシーに、ドッグクッキーを見せると、エルシーも、すぐ箱の中に入ってきた。

「エルシーに、出産箱の使《つか》い方《かた》を教えてやっておくれ。きっと、エリザベスが、中で横《よこ》になると、エルシーも、同じようにすればいいとわかるから。」

DOG'S WHELPING BO
FOR

おばあちゃんは、じぶんのゆりいすにすわりながらいった。

エルシーとわたしは、出産箱《しゅっさんばこ》の中で長い時間いっしょに遊《あそ》んだ。ふたりでなんども出産箱を出たり入ったりした。エルシーお気に入りの、よくかんでいる骨《ほね》も中に置《お》いてあげた。ドッグクッキーもたくさんあげた。

ふいに、エルシーが立ち上がり、シーツを前あしでさかんにかきよせはじめた。まるで、けばだてているみたい。

「何が気に入らないの？」

わたしは、おどろいて大きな声をあげていた。

エルシーは、シーツをかきよせるのを、いつまでもやめない。

「巣作《すづく》りしているのよ。」

おばあちゃんの声は、落《お》ち着《つ》いている。

エルシーは、出産箱《しゅっさんばこ》の中のシーツを、自分の気に入った形にしようとしていた。

「巣作《すづく》りって？」

エルシーは箱の中をグルグルまわって、シーツをけんめいにかきよせている。

おばあちゃんは、ほほえんだ。

「エルシーには、自分に子犬が生まれることがわかっているの。だから、大切な子どもたちのために、念入《ねんい》りに巣を作っているのね。」

おばあちゃんは、ゆりいすを前に後ろにゆらした。

わたしとおばあちゃんは、エルシーが長い時間シーツをかきよせるのを、見守《みまも》っていた。やっと満足《まんぞく》のいく巣ができたのか、エルシーはそのシーツの重《かさ》なりの上に横《よこ》になった。

その夜、わたしは自分の部屋《へや》のベッドで眠《ねむ》った。だけど、エルシーは下のリビングで、出産箱から出てこなかった。

そよ風がカーテンをゆらす。わたしは、ベッドに横になって、コオロギの鳴き声を聞いていた。

下では、またエルシーが、出産箱のシーツをかきよせている。

わたしは、エルシーの子犬たちが、どんなふうに生まれてくるのか、気になって、胸《むね》がドキドキしてきた。

3　エルシーのための隠《かく》れ家《が》

目覚《めざ》めたとき、もう太陽《たいよう》は高くのぼり、気温《きおん》も上がっていた。ハエが窓《まど》のところでブンブンいってる。遠くで、トラクターの音がする。キッチンからは、朝ご飯《はん》を用意《ようい》する音が聞こえてくる。

わたしは、キッチンへ下りていった。

「おはよう、おねぼうさん。マフィンをおあがり。できたてよ。」

おばあちゃんが、お皿《さら》を出していった。

わたしは、ダイニングルームをのぞいた。エルシーは、出産箱《しゅっさんばこ》の中の自分の巣《す》で眠《ねむ》っていた。わたしに気がつくと、エルシーは目を開けて、しっぽをふった。わたしになでてもらおうと、立ち上がった。

「どうやら、出産箱を気に入ってくれたみたいね。今までのところ、うまくいってるわね。」

エルシーはわたしの手を、ぺろぺろとなめてくれる。

一日中、おばあちゃんとふたり、エルシーの子犬たちのための準備《じゅんび》をした。

おばあちゃんはもう一つ、ゆりいすを出産箱のそばに置《お》いた。

「これでエリザベスといっしょに、エルシーの出産を待《ま》っていられるわ。」

おばあちゃんは、きれいなタオルもたくさん用意《ようい》した。

「生まれたばかりの子犬を、ふいてやるのに、使《つか》うのよ。」

おばあちゃんは、子犬たちのために用意したバスケットの底《そこ》に、ヒーターを置《お》き、やわらかいタオルをしいた。

「こうしておくと、生まれたばかりの子犬をあたたかくしてやれるでしょう。」

それから、ハサミも。

「もし、エルシーが、子犬の入った羊膜《ようまく》（おなかの中の子を包《つつ》んでいる膜《まく》）を自分でかみやぶらなかったら、わたしたちが、このハサミでやぶいて子犬を出してやるのよ。」

「えーっ！」

「エルシーが、子犬のへその緒《お》をかみ切らなかったときは、それも、わたしたちが切ることになるわね。」

「うえっ！」

おばあちゃんは、わたしがおどろいているのに、ただほほ笑《え》むだけだった。

次はデンタルフロス（歯《は》のすきまをみがくための糸）まで出してきた。

「切ったへその緒は、デンタルフロスで結《むす》んでおくの。」

おばあちゃんは、こわそうな話をどんどん続《つづ》ける。

「ぎゃっ！」

なんだか、胃《い》がむかむかしてきた。

つぎに、おばあちゃんは、ヨードチンキのびんと、カット綿《めん》の袋《ふくろ》もならべた。

「バイキンを殺《ころ》すために、切ったへその緒にはヨードチンキをぬって、消毒《しょうどく》してやるのよ。」

からだにふるえがきた。

子犬の入った羊膜の袋なんて、やぶりたくない。

へその緒《お》も切りたくなんてない。わたしは、子犬の出産《しゅっさん》に立ち会う人たちって、こんなことをするとき、気分が悪くなったりしないのかなって、思った。

でも、エルシーはやわらかい茶色のひとみで、わたしのことをじっと見つめてくる。わたしをたよりにしているんだ。だから、がまんして、もうさわがないようにした。

「さてと、つぎはエルシーに、野生の犬たちが使《つか》うような、穴《あな》を用意《ようい》してやらなきゃ。」

「野生の犬って、どこでそんなのを見つけるの？」

「だいたいはね、巣《す》はほら穴の中に作るものなの。」

「じゃあ、わたしたちで、ほら穴をほるの？」

「いいえ、違《ちが》うわ。わたしとエリザベスで、出産箱《しゅっさんばこ》に屋根《やね》をつけてやるのよ。それで、エルシーのほら穴《あな》のできあがり。」

おばあちゃんはシーツを持《も》ってきた。それからぶあつい本を何冊《なんさつ》も。わたしに、テーブルの上でシーツを持《も》っていてとたのんだ。重《おも》い本を、重しがわりにすみっこに置《お》いた。おばあちゃんは、テーブルのすみに本をのせた。それからシーツのもう片方《かたほう》をカウンターテーブルのほうへひっぱって、そのはしに本を置いた。シーツが出産箱をおおった。ふたりで、シーツがたるまないようにピンとひっぱった。シーツは、とってもすてきな屋根になった。

おばあちゃんは、にこにこしている。

「さあ、エルシー、自分だけのほら穴ができたよ。」

エルシーはしっぽをふりながら、出産箱《しゅっさんばこ》に飛《と》び込《こ》んでいった。また、しいてあるシーツをかきよせている。気がすむと、シーツの上に横《よこ》になった。

エルシーは、シーツの屋根《やね》の下から、おばあちゃんとわたしを見つめている。

おばあちゃんが、ほほえんだ。

「あとは、ふたりで子犬を待《ま》つだけね……。」

4　子犬を待って

つぎの日、わたしはおばあちゃんとふたり、一日中、家にいた。ほんの少しだけ、ポーチにすわったり、庭《にわ》を散歩《さんぽ》したりはした。でも、それ以外《いがい》はずっと、出産箱のそばのゆりいすにすわって、待っていた。エルシーは、シーツの形を何度《なんど》も自分の気に入るように作り変《か》えている。

おばあちゃんは、あみかけの毛糸を取り出した。

「子犬ってね、夜に生まれることが多いのよ。」

ゆりいすを、前へ後ろへゆらしながら話してくれる。

「たぶん、夜のほうが静《しず》かだからでしょうね。」

それでわたしは、ダイニングルームのカーテンを引いた。キッチンのテレビも消《け》した。エルシーに夜だと思ってほしかったから。

静《しず》けさの中で、おばあちゃんのあみ棒《ぼう》のかすかな音だけがする。

「もし、子犬たちが夜に生まれるのはよそうと思ったら、どうなるの？」

わたしは、心配《しんぱい》になった。

おばあちゃんは、落《お》ち着《つ》いている。

「ただ、待《ま》つのよ。エルシーの用意《ようい》は、できていると思うしね。」

エルシーは、自分の巣《す》に横《よこ》になっている。

「おまえは、どんな感《かん》じ？　エルシー。」

わたしはエルシーに聞いた。エルシーの準備《じゅんび》が、ＯＫ《オーケー》っていわれても、わからなかったから。

「エルシーはね、今日は朝から食事《しょくじ》をしてないの。それが、子犬が生まれそうなしるしなの。」

おばあちゃんはエルシーを見ながらいう。

「エルシーがハーハーいって、あえぎはじめたら、破水《はすい》（出産《しゅっさん》のとき、羊膜《ようまく》がやぶれて羊水《ようすい》がでること）するのがわかるわ。それが、子犬が生まれる合図《あいず》。今夜は徹夜《てつや》になるかもしれないわね。」

おばあちゃんは、わたしに笑顔《えがお》でくわしく教えてくれた。

わたしは、自分のゆりいすにこしを下ろした。本を読《よ》もうとしたけど、ちっとも集中できない。頭の中は子犬のことでいっぱいなんだもの。

時計の音が聞こえる。おばあちゃんのあみ棒《ぼう》の小さなカチャカチャという音も聞こえる。エルシーは、いくども立ち上がる。前あしで、くりかえしシーツを新しい形に整《ととの》えては、横《よこ》たわる。エルシーの用意《ようい》ができたんだ。

おばあちゃんが、ほらねと、ウインクした。

部屋《へや》はしだいに暗くなった。開けはなたれた窓《まど》から、夜の気配《けはい》がしのびこむ。

おばあちゃんが立ち上がって、窓を閉《し》めた。

「子犬に、かぜをひかせるといけないからね。」

いきなり、出産《しゅっさん》がはじまった。

水が吹《ふ》き出す音がした。

エルシーは、自分のしっぽのところを気にしながら、出産箱《しゅっさんばこ》の中をグルグルまわっている。シーツはびしょぬれだ。

おばあちゃんは、「しっ」と、指《ゆび》をくちびるにあてて、立ち上がった。

「静《しず》かに、そっと見守《みまも》っておやり。まずは、ぬれたシーツを取《と》りかえてやらないと。」

おばあちゃんが、小声でいう。

「どうして？」

「生まれた子犬たちが、ぬれたシーツに巻《ま》き込《こ》まれてしまうことがあるの。もちろん、そうなったら、子犬の息《いき》が止まってしまう。」

おばあちゃんは、そう小さな声でいいながら、エルシーの体の下からぬれたシーツをはずしてやった。

エルシーは、出産箱《しゅっさんばこ》の中をいったりきたりした。すわりこんでも、しきりにしっぽの方を気にしている。とうとう、しっぽの下に鼻《はな》をうずめてしまった。

おばあちゃんとわたしは、エルシーのつぎの変化《へんか》を待《ま》った。

5　エルシーの奇跡《きせき》

「はじめの子が、出てきたよ。エリザベス、タオルをおくれ。」

おばあちゃんが小さな声でいう。

タオルを手渡《てわた》す。エルシーのおしりのところから、黒いかたまりが見えた。

「ほら、あれが羊膜《ようまく》。エルシーがかみやぶいて、子どもを出してやらなかったら、わたしたちがかわりをするのよ。」

おばあちゃんは、ささやくようにいった。

エルシーが、さっと向きを変えた。黒いかたまりを、そっとかみやぶいている。中からちっちゃなびしょぬれの子犬が、出てきた。子犬は茶色だった。両《りょう》

目《め》をぎゅっとかたく閉《と》じている。目のふちはまるくいろどられて、まるでアライグマそっくりの、お面《めん》をつけているみたい……。

「エルシーはきっと、へその緒《お》もかみ切るわ。」

おばあちゃんは、もっと小さな声でいう。

エルシーは、おばあちゃんがいったとおりにした。

わたしたちは、エルシーがわが子を愛《いと》しそうに、きれいになめるまで待《ま》った。

「はじめの何分間かは、子犬は、エルシーだけのものなのよ。そうやって、自分の子どもをたしかめているの。」

それからおばあちゃんは、ちっぽけな子犬を、そっと包《つつ》みこむように、すくい上げると、ふわふわのやわらかいタオルでふいてやった。へその緒のつけ根《ね》には、ヨードチンキをぬりつける。

おばあちゃんは、おちびさんをエルシーの乳房《ちぶさ》の上に、のっけた。エルシーの乳首《ちくび》をそっとつまむ。白いミルクが、ひとしずく出たのが見える。

おばあちゃんが、子犬の口元《くちもと》をミルクのところにすりつけてやる。すると、ちっちゃな、すごくちっちゃなピンク色の舌《した》が出てきた。

「初乳《しょにゅう》っていってね、このはじめてのミルクが、大切なのよ。このミルクはね、生まれたての赤ちゃんの体をじょうぶにしてくれるの。」

おちびさんが、乳首を吸《す》いはじめた。

エルシーは子犬を鼻先《はなさき》で押《お》して、くりかえし、くりかえしなめてやる。それで子犬の舌が乳首からはなれた。おばあちゃんは、子犬の頭を別《べつ》の乳首に持《も》っていってやる。しばらくすると、子犬はエルシーのおなかに頭をくっつけて、眠《ねむ》ってしまった。

おばあちゃんは、その子をすくい上げた。そして、あたたかいヒーターが入れてある、バスケットに子犬を移《うつ》した。

「エルシーに、子犬の上に寝返《ねがえ》りを打ってもらいたくないものね。」

おばあちゃんの声はまだ小さい。

「つぎの子はいつ生まれるの？」

「ふたりでただ待《ま》つだけよ。二時間ほど待つこともあるわね。」

それで、わたしはゆりいすにもどって待った。

長い長い夜だった。ダイニングルームの静《しず》けさの中で、わたしはついうとうとしてしまった。

次の子犬は、目の上が黒と茶色をした子だった。

わたしはまたしても、居眠《いねむ》り。三度目に目を開けたとき、おばあちゃんは、新しく生まれた子犬をふいているところだった。でも、わたしは、この次の子犬が生まれてくるまでは、とても起《お》きていられなかった。目がさめたのは、夜明け近かった。

エルシーはその夜、六匹《ぴき》の子犬を生んだ。一匹はエルシーと同じ、こい茶色。ほかの五匹の子たちは、胸《むね》とあしに、黒と白が入っていた。どの子も、まだぎゅっと閉《と》じられた目の上に、小さな茶色のもようがあった。

「どうして、あの子たちは黒いの？」

「お父さんのほうに似《に》たようね。お父さん犬はね、白いふさふさの胸の毛がある、すばらしいトリ・カラー（白・茶・黒の三色）の犬なのよ。大きな白いたてがみが立《りっ》派《ぱ》でね。」

黒い子犬で、最後に生まれた一匹だけ、とてもちっちゃくてやせていた。

おばあちゃんが、エルシーの乳房《ちぶさ》に口元《くちもと》をもっていってやっても、この子だけはなかなかお乳《ちち》を飲《の》もうとしなかった。

「この子は、ちょっと栄養《えいよう》がたりなかったみたいね。ふたりで、特別《とくべつ》に目をかけてやらなきゃ。」

こうして、全部の子犬が生まれると、エルシーはハーハーあえぐのをやめた。

六匹の子犬たちは、あたたかいヒーターつきのバスケットの中で眠っている。

「さあて、エルシーを外へ出してあげよう。そして何か、食事《しょくじ》をさせなきゃね。」

おばあちゃんとふたりで、出産箱《しゅっさんばこ》の外からエルシーを呼《よ》んだ。エルシーは生まれたばかりの子犬たちから、なかなかはなれたがらなかったけれど、とうとう外に出てきた。

エルシーとわたしたちは、家の外に出た。はじまったばかりの一日の静《しず》けさの中に、足をふみだした。

夜明けの光が、ピンクと赤とオレンジの、強い輝《かがや》きをはなって、空から降《ふ》りそそぐ。まるで、教会の中にいて、ステンドグラスを通した光をあびているような感《かん》じがした。

おばあちゃんとわたしは、生命《せいめい》の誕生《たんじょう》のすばらしさを見たんだ。

そのすばらしさに、ふたりともかわす言葉《ことば》がなかった。

わたしとエルシーは、美《うつく》しい夜明けの光の中を、歩きまわった。

エルシーの歩きかたは、とても優雅《ゆうが》で自信《じしん》にみちていて、そう、何かすばらしい大仕事《おおしごと》をした人みたいだった。

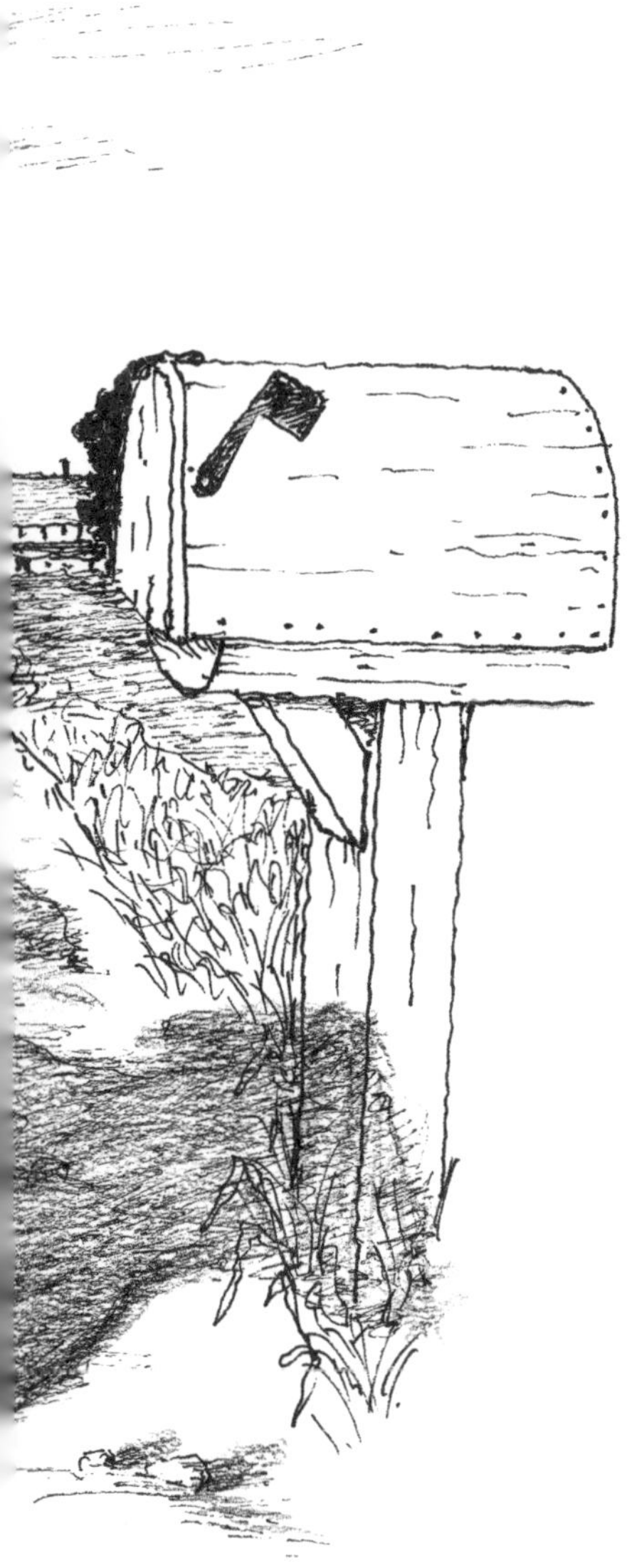

おばあちゃんは、栄養《えいよう》いっぱいの肉汁《にくじゅう》をたくさんかけた食事《しょくじ》を、エルシーにあげた。食べ終《お》わると、エルシーは長い時間をかけて、たっぷり水を飲《の》んだ。

そして、ダイニングルームの入り口のドアのところへいくと、開けてほしいというように、ガリガリとドアをひっかいた。

エルシーは子犬たちのところへ、クーンと鼻《はな》を鳴らしながら大急《おおいそ》ぎでもどっていった。

6　子犬の世話《せわ》をする

出産箱《しゅっさんばこ》へもどると、エルシーは鼻《はな》で、一匹《ぴき》ずつの子犬を順《じゅん》につついていった。

「おばあちゃん、エルシーったら、子どもの数《かず》を数《かぞ》えてる！」

わたしは小声でささやいた。

おばあちゃんは、そうだねと、にっこりほほえんだ。

「エルシーは、自分が子どもたちのところへもどるたびに、数えるでしょうね。」

エルシーは、自分の体を横《よこ》にして寝《ね》そべった。わたしは一匹ずつの子犬を、エルシーの乳首《ちくび》のところへおいてやった。みんな、お乳《ちち》を飲《の》みはじめた。子犬たちはとても小さくて、まるでモルモットみたいだった。

「だれも教えていないのに、どうして、お乳《ちち》を吸《す》うことを知っているの？」

「それも不思議《ふしぎ》なことね。エリザベスとわたしは、毎日、エルシーと子犬たちのこんな不思議なできごとを目にするわ。だけど、どうしてなのかはわからないの。」

おばあちゃんが、いちばん小さい子犬を指《ゆび》さした。

「見てごらん！　あのおちびさんが、お乳を吸っている！」

わたしは、いちばん小さい子犬が身《み》をくねらせて、エルシーの乳首に吸いついて、お乳を飲《の》んでいるのを見て、よかったと思ったけれど、ちょっと心配《しんぱい》になった。

「おばあちゃん、あの子、小さすぎるよ。」

「そうだね、あの子には、特別《とくべつ》のご飯《はん》を用意《ようい》してやらないとね。」

「死《し》んじゃう？」

「いいや、そんなことにはならないよ。わたしたちふたりが、ついているからね。まずは、自分でエルシーのお乳を飲ませる。そして、その合間《あいま》に、小さなほにゅうびんから、特別のミルクを飲ませることにしようね。」

おばあちゃんの言葉《ことば》に、わたしは少し安心《あんしん》した。

「さてと、エルシーには、子どもたちとだけですごす時間も、必要《ひつよう》なのよ。」

おばあちゃんの言葉を合図《あいず》に、わたしたちはそっとつま先立ちして、ダイニングルームを出た。エルシーのために、ドアも閉《し》めてあげた。

わたしたちは、静《しず》かな朝をむかえていた。ふたりで、ポーチのいすにすわり、子犬たちのことを考えた。
そんな日々が、ゆっくりとすぎていった。

エルシーは一日に三度、栄養《えいよう》たっぷりのご飯《はん》を食べた。おばあちゃんとわたしは、エルシーのために、ハンバーグをこしらえた。ハンバーグは、エルシーの大好物《だいこうぶつ》だったから。

エルシーは、わたしといっしょに、家のまわりを散歩《さんぽ》した。でも、そんなに長くは外にいなかった。いつも子犬たちのところへ、早く帰りたがった。

わたしはエルシーと、もう前みたいに農場のいろいろなところを、いっしょに探検《たんけん》できなかった。わたしが散歩に連《つ》れ出そうとしても、エルシーはすぐ立ち止まって、早足《はやあし》で家にもどっていく。

わたしたちは、ダイニングルームを、本当のほら穴《あな》のように、暗《くら》くしておいた。そうすれば、エルシーが安心《あんしん》するので。

わたしは長い時間、ゆりいすにすわっていた。そうやってエルシーが、赤ちゃん犬の世話《せわ》をするのを、じっと見ていた。エルシーは子どもたちをすみずみまで舌《した》でなめて、体をきれいにしてやった。それから自分の体を横《よこ》だおしにして、寝《ね》そべると、子犬たちにお乳《ちち》をやった。エルシーは、また一匹《ぴき》ずつそっと背中《せなか》のほうからなめて、体のよごれをとってやる。

ときどき、子犬の一匹がエルシーの背中のほうへ、よたよたとおぼつかない足取りで歩いていくことがある。そんなとき、わたしはすぐに、その子を抱《だ》きあげた。エルシーが、子犬を背中で押《お》しつぶさないように。それからそっと、乳房《ちぶさ》のほうへもどしてやる。

一日に三度、わたしたちは五匹の子犬たちを、バスケットに入れる。そして、いちばんのちびっ子に、エルシーのお乳を好《す》きなだけ飲《の》ませてあげる。

この子は一日に一度、わたしが抱きかかえて、ほにゅうびんの特製《とくせい》ミルクも飲《の》ませている。こうして、おちびさんのからだは日に日に、力強くなっていっている。

夜、おばあちゃんとわたしは子犬のようすを見るために、ゆりいすから立ち上がる。だれかが、エルシーの下じきになったりしていないか、確認《かくにん》するために。子犬たちみんなが、いつもあたたかくしていられるように、気配《きくば》りもする。ベッドにいく前には、暖房用《だんぼうよう》のライトをつけてやる。毎朝《まいあさ》、六匹の子犬が、ライトのあたたかい明かりの真下で、みんなひとかたまりになって、重《かさ》なるように眠《ねむ》っているのを見つけると、ほっとする。

ある日、わたしはおばあちゃんに、たずねてみた。

「この六匹《ぴき》の子犬たちは、どうするの？」

「この子たちを、本当に必要《ひつよう》としている人を、見つけてあげるのよ。」

わたしはびっくりした。

「この子たちを必要としている人？　子犬たちに何ができるの？」

おばあちゃんの顔が、ゆっくりとほころんだ。

「あのね、子犬は愛《いと》しいものなのよ、エリザベス。わたしとあなたとでね、子犬を愛《あい》したがっている人を見つけてあげるの。生きていくのに、子犬が必要な人がいるのよ。」

おばあちゃんのいったことを、考えてみた。子犬たちは、まだぎゅっと目を閉《と》じたまま、よたよたとはいまわっているだけだ。

こんなちっぽけな子犬が、生きていくのに必要だなんて、そんな人が六人もいるのだろうか……。

7　みんな、どんな子？

わたしは、子犬たちとすごす静《しず》かな時間がとっても好《す》き。すわって、じっと子犬たちを観察《かんさつ》する。すると、それぞれの違《ちが》いがわかってきたので、名前をつけてみた。

三色の混《ま》じったオスは、なかなかのやんちゃだった。いつも妹《いもうと》たちを乳首《ちくび》からおしのけて、自分がまずお乳《ちち》を吸《す》った。この子はロッキーと名づけた。

もう一匹《ぴき》の三色のメスは、甘《あま》えんぼうで、やさしい子。いつもわたしの声のするほうへ、はってきた。わたしが抱《だ》きしめてやるまで、お乳を飲《の》まなかった。

この子はエミリー。

あと一匹、三色のメスがいたが、この子はキューキューと鳴いてばかりだった。ときどき、声がかれて、ニワトリの声みたいになっていることも。この子はアナベルと呼《よ》ぶことにした。

いちばん大きな子は、こい茶色だった。『大きな足のクレメンタイン』という歌にちなんで、クレメンタインと名づけた。

いちばんのおちびさんはプリンセス。だって、おひめさまみたいにものすごく、気をつけてやらないといけなかったから。まるで、自分専用《せんよう》のお世話係《せわがかり》がいるみたいに、目をぎゅっと固《かた》く閉《と》じている。

いちばん美しい毛並《けなみ》をしている子は、グロリアに決めた。黒い毛並に、大きな白いたてがみのラインがはいっている。

おばあちゃんが、この子のたてがみは、すばらしくなる（グロリアス）といったから。

日がたつにつれて、子犬たちは大きくなっていった。わたしは一匹《ぴき》ずつ名前で呼《よ》ぶようにした。おなじころ、一匹ずつ、目も開《あ》いてきた。

子犬たちは、出産箱《しゅっさんばこ》のふちを乗《の》り越《こ》えて、外に出てくるようになった。

でも、出産箱は出たけれど、いつもみんなでひとかたまりになっている。

生まれて四週目の終《お》わりごろ、子犬たちはそろそろ、離乳食《りにゅうしょく》が食べられるよ

うになった。エルシーも、ときどきは子どもたちのそばをはなれた。

おばあちゃんが、子犬たちの離乳食《りにゅうしょく》の作り方を教えてくれた。子犬用のドッグフードをくだいて、お肉の入ったベビーフードと、ペットショップで買った動物用の粉《こな》ミルクを混《ま》ぜあわせる。そこへ、お湯《ゆ》をそそいでかき混ぜて、できあがり。

プリンセスは食べようとしなかった。鼻《はな》をプイとそむけて、まるでわたしから残飯《ざんぱん》でももらったような顔をして、わたしをじっと見た。

ロッキーはみんなを押しのけて、ご飯に突進《とっしん》した。ご飯のボウルに鼻を突《つ》っ込《こ》むようにして、ペチャペチャと音をたてながらいっしょうけんめい食べた。

エミリーは、わたしのところにやってきて、待《ま》っていた。わたしがエミリーを抱《だ》き上げて、「いい子ね」となだめるように抱きしめて、床《ゆか》におろすと、すぐご飯を食べはじめた。

グロリアはほんの少し、口に入れた。この子のおぎょうぎは、その名前と同じようにすばらしい。

アナベルは、子ブタみたいにキューキューいいながら、がっついた。

クレメンタインは、ロッキーの横《よこ》に割《わ》り込《こ》んで、ロッキーをご飯《はん》まみれにした。

子犬たちは、お腹《なか》がいっぱいになると、水を飲《の》んだ。そして、みんなひとかたまりになって、また眠《ねむ》った。

だけど、プリンセスだけは、まだ食べていなかった。ご飯《はん》のボウルを近づけてやっても、ちっちゃな鼻《はな》をそむけて、いやいやをした。

わたしは、スプーンを持《も》ってきて、離乳食《りにゅうしょく》をほんの少しすくった。そして、鼻先にそのスプーンを近づけてやると、かわいいピンク色の舌《した》が出て、やっと食べてくれた。

しばらくすると、子犬たちは、出産箱《しゅっさんばこ》の外のリビングまで、出てくるようになった。

わたしがエルシーと、農場《のうじょう》を散歩《さんぽ》しているあいだ、おばあちゃんは電話していた。新

聞に、子犬の広告《こうこく》を出したのだ。

おばあちゃんは、その子を必要《ひつよう》としていない家には、絶対《ぜったい》に子犬をわたさないといっている。おばあちゃんの考えに、わたしも同じく大賛成《だいさんせい》。

ふたりとも、エルシーの子どもたちのもらわれ先には、ものすごく気をつかうことにした。

8　グロリアの家族《かぞく》

おばあちゃんとわたしは、どの子にも、完璧《かんぺき》な家族を見つけてあげたいと考えている。

「プリンセスには、お城《しろ》がいるわね。」

わたしは冗談《じょうだん》をいった。

おばあちゃんは、にっこりほほ笑《え》みながら、こういった。

「プリンセスに家族ができたとき、お城のことはわかるでしょうね。」

電話が鳴りはじめた。おばあちゃんが、相手の人と話している内容《ないよう》が聞こえてくる。

「いいえ、うちの子たちは、そちらさまには合わないと思います。」

ある日、おばあちゃんは、そういって電話を切った。

「なにが、いけなかったの、おばあちゃん？」

「うーん、電話をかけてきた女の人はね、自分がコリー犬が好《す》きかどうかわからないけど、ためしにかってみたいというのよ。」

「そんなのは、だめよ！」

わたしは困《こま》ってしまった。

「もちろん、だめ。子犬たちは、本当にその子を必要《ひつよう》としている人のところへいくのよ。ためしにかってみたいだなんて、とんでもないお話！」

ようやくわかった。

わたしたちは、子犬を心から愛《あい》してくれる人をさがしているんだって。

「審査《しんさ》はきびしくしようね、おばあちゃん。わたしだって、エルシーの赤ちゃんに、不幸《ふしあわ》せにはなってほしくないもの。」

おばあちゃんは、また考えこむように、うでをくんだ。

「そうよね、ちゃんとした人が見つかるまで、一年だって、待《ま》つわ。エリザベスに約束《やくそく》しておく。」

おばあちゃんは、きっぱりといった。

こうして、わたしたちは次の連絡《れんらく》を待った。


またある日、電話のベルが鳴った。

電話は、一人暮《ぐ》らしの老人《ろうじん》からだった。話では、今までずっと、コリー犬といっしょに暮《く》らしてきたという。ウェールズ（イギリスの南西部《なんせいぶ》）で子ども時代をすごしたとき、はじめてのコリー犬に出会った。その子犬は、とても美しいメス犬だったらしい。

少し前、その老人は、やはり年老《としお》いたコリー犬を亡《な》くした。老人はすっかり沈《しず》み込《こ》んで、どうしても別のコリー犬がほしいということだった。

「コリーたちは、わしの人生そのものじゃった。大切なコリー犬を亡くして、わしは今、ひとりぼっちなんじゃ……。」

「その人には、グロリアがいいと思う。」

その夜、わたしはおばあちゃんにいった。

「どうして、グロリアなの？」

「だって、あの子はすごく美しいもの。そのおじいさんは、きっとグロリアをつれて散歩《さんぽ》にいったり、いっしょうけんめいブラシをかけてやったりするわ。それに、みんなに見せたくて、町にも出かけるでしょう。」

「そうかもしれないわね……。明日、くることになっているから、その人にはどの子がいいか、きっとわかるでしょうよ。」

おばあちゃんは、断言《だんげん》はしなかった。

次の日、おせじにもきれいとはいえない古い車が、ガタガタと音をたてながら、道をのぼってきた。農場《のうじょう》のまえに、車がとまると、老人《ろうじん》が降《お》りてきた。そして、車からつえをとりだした。老人は片方《かたほう》の足を引きずりながら、玄関先《げんかんさき》へ、

やってきた。

おばあちゃんとわたしは、子犬を見せるために、おじいさんをリビングに案《あん》内《ない》した。

子犬たちは、だれがきたのか見ようと興味《きょうみ》しんしんだ。どの子も、出産箱《しゅっさんばこ》の入り口に前あしをかけて、おじいさんを観察《かんさつ》している。

そのとき、おどろくことが起《お》きた。

グロリアが、クーンと鼻《はな》をならすと、出産箱の入り口のへりを乗《の》り越《こ》えて、おじいさんにほえついた。

おじいさんの目に、みるみる涙《なみだ》があふれ出る。

「どうして、この子は、わしが子どものころにかっていたベッツィと、そっくりなんじゃ？」

グロリアは、返事《へんじ》でもするみたいにワンと鳴き、もう一度、ワンと鳴いた。

「この子を、抱《だ》き上げても、いいかのう？」

そうたずねるおじいさんのほっぺたを、涙《なみだ》がいくすじも伝《つた》わって流《なが》れてくる。

おじいさんは、グロリアを抱き上げ、グロリアにほおずりした。グロリアもお返《かえ》しに、同じように、おじいさんの顔をぺろぺろなめる。

わたしは、不思議《ふしぎ》な光景《こうけい》を目にした。まるで、この場所におばあちゃんも、わたしもいないみたい。いるのは、おじいさんとグロリアだけ、そんな感《かん》じ。

そして、ふたりはおたがいに、ほおずりのしあいっこをしている。おじいさんは、グロリアの小さな耳もとで、やさしい声で話しかける。

おばあちゃんは、わたしにウインクして、リビングの外へ出ようと合図《あいず》する。

「しばらく、ふたりだけにしておいてあげましょう。」

部屋《へや》の外で、おばあちゃんは小声でささやいた。

「あなたが、正しかったわね、エリザベス。あの人は、グロリアを選《えら》ぶと思う。」

こうして、グロリアは、自分の家族《かぞく》を見つけた。

おじいさんがグロリアを車にのせようとしたときも、グロリアはわたしたちのほうをふりかえらなかった。グロリアは、おじいさんの横《よこ》のバスケットに、満足《まんぞく》そうにすわっていた。そのひとみは、おじいさんのことが大好《だいす》きというように、見つめている。

おばあちゃんは、うれしそうにこんなふうにいった。

「ふたりは、一心同体《いっしんどうたい》ね。あの人の心の中は、グロリアにそそぐ愛《あい》ではちきれそうよ。そして、グロリアも、あの人を必要《ひつよう》としている。奥《おく》さんも亡《な》くしているようだし、ほんとうにひとりぼっちで、生きていたようね。グロリアは、あの人の生きるささえになるでしょうね。」

おばあちゃんは、考えこむような青いひとみで、わたしをじっと見つめた。

そして、首をかしげながら、わたしにたずねた。

「エリザベスは、どうしてグロリアがあの人に合うと、わかったの？」

「わたしもわからない。予感《よかん》、みたいなものかな。」

わたしは、車が走りさっていく丘《おか》の道を見つめていた。

グロリアがいなくなって、なんだかさみしい。グロリアは、エルシーの子どもたちのなかで、いちばん美しい子だった。だけど、もうあの子にはだれより愛《あい》してくれる人と、新しい家があるのはわかっている。

家のなかで電話が鳴っている。おばあちゃんが、かけだしていった。

「ほかの子の、家族《かぞく》になる人たちからかもね。」

わたしは、おばあちゃんの後ろすがたに声をかけた。

9　クレメンタインとエミリー

そのとおりだった。毎日のように、だれかが子犬を見にやってきた。だけど、子犬を見せるまえにおばあちゃんが話をして、気にいらないと、その人たちには、「子犬は全部、もうかい主がきまってしまった。」といった。その一言で、みんな帰っていった。

おばあちゃんは、あとでわたしに、どうしてその人たちは子犬の家族になれないのか、説明《せつめい》してくれた。

子犬たちには、わたしたちしかたよれるものがいないのだ。わたしたちが、ちゃんとした人を見つけてあげないといけない。エルシーも、わたしたちのことを、たよりにしているのがわかる。

二番目《にばんめ》にクレメンタインの家族《かぞく》が見つかった。クレメンタインはいちばん大きなこい茶色のメスだった。大きく丸々とふとったクレメンタインが生まれたとき、わたしはどんな子になるのかすごく楽しみだった。この子は、大きな自分の体で、よく妹や弟たちにおおいかぶさった。またひとかたまりになった子犬たちの中から、ジャンプし

て飛《と》び出してきては、わたしたちをおどろかす。うら庭《にわ》をジグザグに走っては、ほかの子たちが、追いかけてくるのを楽しんだり……。

こんなゆかいなクレメンタインだけど、彼女《かのじょ》は絶対《ぜったい》にしっぽをふらなかった。そのかわり、うれしいときは体全体をゆすった。鼻《はな》の上には、大きな白いぶちが入ったクレメンタイン。

一二歳《さい》になる女の子が両親《りょうしん》とやってきた。この子はクレメンタインを一目見るなり、夢中になった。クレメンタインは、女の子のひざに飛びついた。そして、顔じゅう、ペロペロとなめつくした。女の子はくすぐったくって、笑《わら》いころげ、クレメンタインは、はじめてしっぽをふった。

これで決まりだった。その家族は猫《ねこ》と老犬《ろうけん》を、すでにかっていた。クレメン

タインなら、きっとすぐ仲良《なかよ》しの友達《ともだち》になるだろう。

車の中で、クレメンタインは、「幸《しあわ》せいっぱいのさよなら」でもするように、後ろのシートに両手《りょうて》をかけて、わたしたちをじっと見つめていた。

「これで、二家族《かぞく》！　あと四家族、見つけなきゃね。」

おばあちゃんは、うれしそうにいった。

出産箱《しゅっさんばこ》の中を見た。ロッキー、アナベル、エミリー、そしてプリンセスが、わたしの顔をまじまじと見つめてくる。

この子たちは、どこへいくんだろう？

幸せになれるだろうか？

その夜、おばあちゃんは、電話で長い時間話をしていた。おばあちゃんの話し声はやさしかった。

「うちの子犬は、あなたの心をいやしてくれますよ。」

おばあちゃんの声が、そういっている。

おばあちゃんは電話を置《お》くと、電話の女の人がかっていたコリー犬のこと、その犬が死《し》んでしまったことを、わたしに話してくれた。女の人は、かい犬の死が、あんまり悲《かな》しくて、次の犬をかうことをためらっているのだった。だけど、かっていたコリー犬がいなくなって、すっかり心に穴《あな》が開いてしまっていた。「子犬が、助《たす》けてくれますよ。」とおばあちゃんは、電話でそうもいってた。

だけど、女の人は、確信《かくしん》がもてなかったみたい。

次の日、もう一度、電話をかけてきた。女の人はうちに、愛情《あいじょう》をいっぱいそそがないといけない子犬がいるかどうかを、聞いてきた。

「あなたにぴったりの、子犬を見つけてあげられますよ。」

おばあちゃんは、そういって、わたしの顔を見つめた。

「どの子が、いちばん手がかかるかわかるかい？」

「エミリーよ！　エミリーは抱《だ》っこしてやるまで、ご飯《はん》を食べようとしないもの！」

わたしはさけんでいた。

エミリーは特別《とくべつ》だった。わたしがエミリーを抱き上げると、エミリーの全身《ぜんしん》から、「わたしを愛して」っていう気持《きも》ちが伝《つた》わってきた。とってもすてき！

こうして、エミリーの新しい家族がやってきた。すっかり心が傷《きず》ついて、落《お》ち込《こ》んだようすの女の人が、車から降《お》りてきた。女の人のだんなさんが、そのあとからついてきている。

エミリーのすがたを見たとき、女の人の目に涙《なみだ》があふれた。エミリーを抱《だ》きあげると、涙がぽろぽろと、エミリーのきれいな毛の上にこぼれ落ちた。

エミリーは頭をもちあげ、その涙をやさしくぺろぺろなめてあげた。

女の人は、わっと声をあげて泣《な》き出した。エミリーは、さらにやさしく涙をなめてあげる。

おばあちゃんとわたしも、泣いていた。

「エミリーといっしょに、幸《しあわ》せになってくださいな。」

おばあちゃんも、ほっぺたの涙をぬぐいながら、続《つづ》けた。

「エミリーは、あなたを救《すく》ってくれますよ。それから、あなたのかっていたコリー犬のことを、決して忘《わす》れないであげて。もう、いくら思い出しても、あなたを悲《かな》しませはしないから。」

こうして、エミリーも、愛《あい》に満《み》ちた家にひきとられていった。

10　プリンセスには、だれが？

プリンセスとロッキーとアナベルは、その夜、すごくさみしそうだった。だれも、遊《あそ》びもしなければ、ふざけっこもジャンプもしなかった。みんなが、悲しい目をしていた。

「あの子たち、きょうだいがいなくなって、さみしいんだわ。」

わたしは、おばあちゃんにいった。

でも、次の日になると、みんな元気になっていた。三匹《びき》は芝生《しばふ》の上で、追《お》いかけっこをした。プリンセスは、まだスプーンで食事《しょくじ》をしていた。子犬用のボウルには、顔をそむけるのだ。

「女王様《じょおうさま》が、おむかえにきてくれないかな？」

「あの子には、女王様なんていらないわよ。あの子を必要《ひつよう》とするだれかを、待《ま》っているだけ。」

おばあちゃんは、きっぱりいった。

そして、その人たちがやってきた。両親《りょうしん》とドライブに出かけている間に、おじいさんを亡《な》くした、ふたりの兄弟だった。ふたりとも、おじいさんのことを思ってか、子犬たちを、悲《かな》しげな目で見ていた。

とつぜんプリンセスが立ち上がって、男の子たちを、きれいな茶色の目でしっかり見つめた。

くるくると円をえがくようにまわりだすと、はずむように走りだし、プリンセスは大きくジャンプをして、出産箱《しゅっさんばこ》を飛《と》び出した。

「あの子が、あんなことするなんて、とても信《しん》じられないわね。」

おばあちゃんが、声をあげた。

男の子たちはクスクスと、はじめて笑《わら》った。

プリンセスは、うら庭《にわ》をジグザグに走り回った。おもちゃをくわえ、空中に放《ほう》り投《な》げては、上手《じょうず》にキャッチした。つぎは、ふたりの男の子の足首をかじった。まるで、ライオンみたいにうなりながら。男の子たちは、おもしろがって、大笑いした。ロッキーとアナベルは、あきれたように見つめていた。

「この子は、最高《さいこう》の子犬だ！」

男の子ふたりが、同時にさけんだ。

男の子たちはかけだした。プリンセスがふたりを追《お》いかける。プリンセスは、軽《かろ》やかな足取《あしど》りで、トコトコと走り、とんぼ返《がえ》りまでした。

「ぼくたち、この子がほしい！」

また、ふたりがいっしょに大きな声でいった。

プリンセスが、こたえるようにワンワンとほえた。

一家が車に乗《の》りこんだとき、プリンセスはふたりの子どもたちの間で、いごこちよさそうにしていた。プリンセスはつかれて、ほっと大きなため息をついた。

こうしてプリンセスは、お城《しろ》じゃなくて、自分を愛《あい》してくれる家族《かぞく》のいる、すてきな家を見つけた。

11　おばあちゃんは、どうするの？

次の三日間、ロッキーとアナベルは、いっしょに遊《あそ》んでいた。うなりあったり、取《と》っ組《く》み合いをしたり、ボスの座《ざ》をふたりでうばい合っているみたい。くたびれると、芝生《しばふ》の上で、パッタリと倒《たお》れて休んだ。

その夜、わたしは青と白の自分のベッドルームで、じっと子犬たちのことを考えていた。どの人もみんな、なんてすてきな子犬たちだろうといってくれた。だけど、わたしはうれしくない。何かがひっかかっている。

今年の夏休みは、生命《せいめい》の誕生《たんじょう》とよろこびにあふれた、すばらしいものだった。もうすぐ、わたしは学校が始《はじ》まるので、町の家に帰らないといけない。ロッキーとアナベルにも、そのうち新しい家族《かぞく》ができるだろう。

でも、六匹《ぴき》のすばらしい子犬たちが六匹とも、エルシーとおばあちゃん以外《いがい》のほかの人を愛《あい》することになるのが、正しいのだろうか？　エルシーはどうなるの？　せっかく生んだ大切な子どもたちを全部《ぜんぶ》、なくしてしまう。そうなれば、おばあちゃんには、一匹の子犬も残《のこ》らない。またエルシーとふたりぼっち。しばらくすると、寒《さむ》くて長い冬がやってくる。おばあちゃんは、エルシーとここですごす。

お父さんやお母さんには、つよがりをいっていたけど、わたしにはおばあちゃんが、本当はさみしがっているのがわかっている。

いつだったかも、フレッドおじいちゃんの仕事部屋《しごとべや》で、おじいちゃんが愛用《あいよう》していた道具《どうぐ》を手に持《も》って、じっと考えこんでいたのをしっている。ポーチにすわって、農場《のうじょう》の方を見ているときでも、おばあちゃんに見えているのは、畑《はたけ》ではたらいているおじいちゃんのすがただ。うら庭《にわ》でお父さんやおじさんが、子どものころに遊《あそ》んでいるのが見えているのだ。

おばあちゃんの人生は、ずっとこの農場の中にあった。それが、おばあちゃんのいう「根《ね》っこ」。だから、ここをおばあちゃんがはなれるなんて、ありえないけれど、このまま冬になると、おばあちゃんにはエルシーしかいない。

ふたりとも、とても強いきずなでむすばれているけれど、わたしはもうひとり、だれかがいっしょにいてほしかった。おばあちゃんとエルシーが、特別《とくべつ》の愛情《あいじょう》をそそげるだれかが……。

12　アナベルは、どうなるの？

わたしは、ひそかにアナベルに望《のぞ》みをかけた。アナベルのまだ小さく折《お》れ曲《ま》がった耳もとに、ささやいた。アナベルの黒く輝《かがや》くひとみをのぞきこみながら。

「だれかが、おばあちゃんといっしょにいないと、だめなのよ。だれかが、エルシーともいっしょに

いなくてはね。わたしは、できないの。学校へもどらないと、だめなの。」

アナベルのきれいなひとみが、パッとかがやいた。きっと、わかってくれたんだ。

それから、わたしは電話が鳴るたびに、耳をそばだてた。

たいていの場合《ばあい》、おばあちゃんはこういった。「いいえ、おたくにふさわしい子犬は、うちにはいません」って。

でも、ある日、こんなことをいうのが聞こえた。

「どうぞ、ロッキーを見にきてやってくださいな。あなたたちに、ぴったりの子犬だと思いますよ。」

若《わか》いカップルが、曲《ま》がりくねった道を上って、やってきた。

ふたりはコリー犬をかっていたが、森でオオカミに殺《ころ》されたのだそうだ。ふたりとも、自分たちが愛犬《あいけん》を、自由に森の中を走らせてやったために、こんなことになったことをくやみ、悲《かな》しみですっかりやつれていた。

ふたりは、ロッキーにおもちゃを持《も》ってきていた。ロッキーはこれを見たとたん、自分の家族《かぞく》になるって、わかったみたい。ロッキーは走って、ジャンプして、そしてこうふんして、くるっと宙返《ちゅうがえ》りまでした。

「ロッキーは、まさにぼくたち家族の、スタートになってくれます。」

若いカップルは、やってきたときとはかわって、明るい声でいった。

「来年、ぼくたちはロッキーのために、メスの子犬をむかえようと思います。それに、ぼくたちも子どもができる予定《よてい》です。犬たちと子どもたちにかこまれ

て暮《く》らす、それがぼくたちの望《のぞ》むライフスタイルなんです。」

ロッキーは、なんだか「犬の楽園《らくえん》」にでもいくみたいに見えた。

ロッキーは、走り去《さ》る車の窓《まど》から顔を出して、まるでにこにこ笑《わら》っているみたいだった。

そして、アナベルだ。アナベルだけが、新しい家族《かぞく》を見つけていなかった。

おばあちゃんは、アナベルにむかっていっている。

「アナベルは不幸《ふしあわ》せじゃないよ。だれも、むかえにこなくても……。」

わたしはエルシーが、アナベルをなめてやっているのを見ていた。ふたりは強い愛情《あいじょう》のきずなで結《むす》ばれているように、おたがいをくりかえしなめている。

「もしかしたら、アナベルがいちばん、運《うん》のいい子かもしれないわ。」

おばあちゃんは、どうして？　っていう顔をした。

「どういう意味《いみ》なの？」

「おばあちゃん、アナベルはおばあちゃんといっしょに、いるべきなのよ。」

おばあちゃんは、わたしの言葉《ことば》に耳をかたむけている。

「おばあちゃんには、アナベルが必要《ひつよう》よ。それは、エルシーも同じ。」

おばあちゃんは、口をはさまないで聞いてくれている。

「もし、アナベルがいっしょにいてくれたら、今年の冬は、おばあちゃんも、そんなにさみしくないかもしれないわ。」

おばあちゃんは、口を開《あ》けて、自分はさみしくなんてないといおうとしたみたい。でも、口を閉《と》じてしまった。何もいわなかった。おばあちゃんは、アナベルがエルシーに、鼻先《はなさき》でころりと床《ゆか》にひっくりかえされるところを、じっと見つめていた。

「だれがやってくるか、待《ま》ってみましょうよ。」

そう、おばあちゃんは、静《しず》かな声でいった。

13　いちばん幸《しあわ》せな子犬

アナベルには、だれもこなかった。

とうとう、わたしのお父さんとお母さんが、わたしをむかえにやってきた。家に帰るときがきたんだ。これからまた学校が始《はじ》まる。

荷物《にもつ》を取りに二階《にかい》へ上がったら、下から話し声が聞こえてきた。お父さんたちが、また同じ話をくりかえしている。

「だけど、母さん、ここじゃ、冬はさみしすぎるよ。ぼくらのところのほうが、いいからおいでよ。」

「お母さまも、きっと町の暮《く》らしが気にいりますわ。」

「わたしの思い出のすべては、ここなのよ。わたしは、どこへもいかない。」

おばあちゃんは、はっきりといった。

「思い出だけじゃ、じゅうぶんじゃないんだよ、母さん……。」

お父さんの悲《かな》しそうな声が聞こえる。

「そうですよ、家族《かぞく》がいっしょにそばにいるってことが、大切なんです、お母さま。」

「だれだって、愛《あい》して、愛されているってことが、だいじなんだよ。」

お父さんがもう一度いったけれど、おばあちゃんがなんて返事《へんじ》をしたかは、聞かなかった。なんといっても、おばあちゃんがここをはなれないことは、確《たし》かだもの。

出発の時間になった。おばあちゃんはわたしを強く抱《だ》きしめた。そして、「エリザベスは世界一《せかいいち》のまごむすめだよ。」って、いってくれた。「今年の冬に、手紙を書いてね。」とも、いった。もちろん、わたしは手紙を書くって約束《やくそく》した。それから、わたしは、おばあちゃんにいった。

「おばあちゃんも、何か、わたしに約束してくれなきゃね。」

おばあちゃんは、うなずいた。おばあちゃんの白い髪《かみ》が、お日さまの光の中で、ものすごくおちついたふんいきに見える。おばあちゃんの顔は、とてもやさしげだ。思い切って、わたしはいった。

「約束して、おばあちゃん。アナベルを、このまま農場《のうじょう》に置《お》いておくって。」

おばあちゃんは、考《かんが》え深《ぶか》そうな青いひとみで、わたしの顔をじっと見つめた。

わたしは、息《いき》をとめた。

おばあちゃんが、大きくうなずいた。

「わかった。いうとおりにするわ、エリザベス。アナベルは、わたしとエルシーの手元において、いっしょに暮《く》らすことにする。」

わたしの心臓《しんぞう》は、おどりだしそうだった。

アナベルに家ができたんだ。それも、ここに！　おばあちゃんとエルシーがいる、この農場《のうじょう》に。

わたしたちはみんな、おばあちゃんに「さよなら」をいい、抱《だ》きあい、キスをしあった。お父さんとお母さんもなんだか、うれしそうだった。

わたしは、アナベルを抱きあげ、そのちっちゃな耳に、「おばあちゃんをよろしく！」ってささやいた。

車が道をくだっていくとき、わたしはふりむいた。ポーチでおばあちゃんが手をふっている。エルシーはいつものように、すぐそばにすわっている。だけど、こんどは、すこしだけ違《ちが》った。今はふたりの足元で、アナベルが遊《あそ》んでいる。美しい黒い毛並《けなみ》と、白いたてがみ、そして白いあしのアナベルが……。

わたしには、おばあちゃんは今年の冬は心配《しんぱい》ないとわかっている。お父さんとお母さんはまだ、思い出だけじゃ、じゅうぶんじゃないっていってるけれど。お父さんもお母さんも、わからないんだ。おばあちゃんに必要《ひつよう》なものは、愛《あい》するものなんだってことが。

おばあちゃんにはエルシーだけじゃなくて、いまは
アナベルもいる。
子犬は、なにより愛《いと》しい
ものだもの。

訳者《やくしゃ》あとがき

読者のみなさんの中には、犬や猫《ねこ》、鳥やハムスターなどの生き物をかっているという人も多いのではないでしょうか。この物語《ものがたり》に登場《とうじょう》するコリー犬はもともと牧羊犬《ぼくようけん》です。犬は人間と最初《さいしょ》に仲良《なかよ》しになった動物《どうぶつ》で、人間は自分たちの仕事《しごと》を手伝《てつだ》ってもらうために、いろいろと犬の品種改良《ひんしゅかいりょう》を重《かさ》ねてきました。時代《じだい》が進《すす》むにつれ、仕事の内容《ないよう》もずいぶん変《か》わってきて、「警察犬《けいさつけん》」や「盲導犬《もうどうけん》」、さらには「介助犬《かいじょけん》」や「聴導犬《ちょうどうけん》」、地震《じしん》などの被災者《ひさいしゃ》を探《さが》す「レスキュー犬」などもいます。

いっぽう、一般家庭《いっぱんかてい》に暮《く》らす犬などは、今では人間のために「働《はたら》く」というより、「コンパニオン・アニマル」（伴侶動物《はんりょどうぶつ》。ただ一方的《いっぽうてき》にかわいがるだけの「ペット」ではない、人間と対等《たいとう》の生活仲間《なかま》・家族《かぞく》の一員《いちいん》）と呼《よ》ばれることが多くなりました。

エルシーもおばあちゃんにとっては、大切な家族です。エリザベスとおばあちゃんは、大事《だいじ》なエルシーの子どもたちだからこそ、どの子も幸《しあわ》せになれるように、引き取られていく家の人たちをきびしく審査《しんさ》します。ここでは、ペットショップで子犬を選《えら》ぶのとは違《ちが》います。どちらかといえば、かい主が選ばれるのです。

でも、子犬をもらいにやってきた一人ひとりをよく観察《かんさつ》してみると、多くの人が、心に何かの「傷《きず》」を負《お》っています。おばあちゃんとエリザベスは、子犬たちの個性《こせい》をうまく見分け、おたがいが幸《しあわ》せになるように手助《てだす》けをします。

私はこの本をはじめて読んだとき、あたたかい気持《きも》ちがあふれました。そして、イギリスの作家、オスカー・ワイルドの書いた小説《しょうせつ》『幸せの王子』を思い出しました。この作品の題名《だいめい》は、ここからつけました。いつか、ぜひ読んでみてください。

生き物と暮らすことは、責任《せきにん》や苦労《くろう》もふえますが、それ以上《いじょう》にそばにいてくれるだけで、心が休まります。あなたも小さな家族を大切にしてくださいね。

若林千鶴《わかばやしちづる》

文研ブックランド

しあわせの子犬たち

作　者　メアリー・ラバット

訳　者　若林千鶴

画　家　むかいながまさ

2008年11月20日　第1刷
2009年4月22日　第2刷

NDC933　A5判　120P　22cm

ISBN978-4-580-82055-5

発行者　佐藤徹哉

発行所　文研出版　〒113-0023　東京都文京区向丘2－3－10　☎(03)3814-6277
〒543-0052　大阪市天王寺区大道4－3－25　☎(06)6779-1531
http://www.shinko-bunken.com/

印刷所　株式会社太洋社　製本所　株式会社太洋社

表紙デザイン　株式会社メイントップ